AF462632

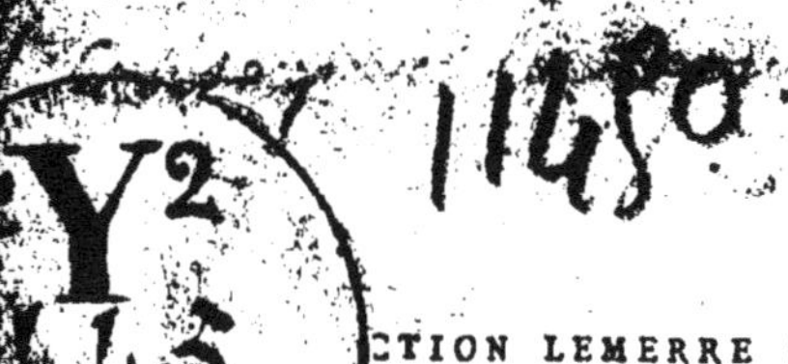

CTION LEMERRE ILLUSTRÉE

PAUL BOURGET

Trois petites Filles

Illustrations

de

L. CABANES

gravées

par

ROMAGNOL

PARIS
ALPHONSE LEMERRE, ÉDITEUR
23-31, Passage Choiseul, 23-31
1899

Trois petites Filles

PAUL BOURGET

Trois petites Filles

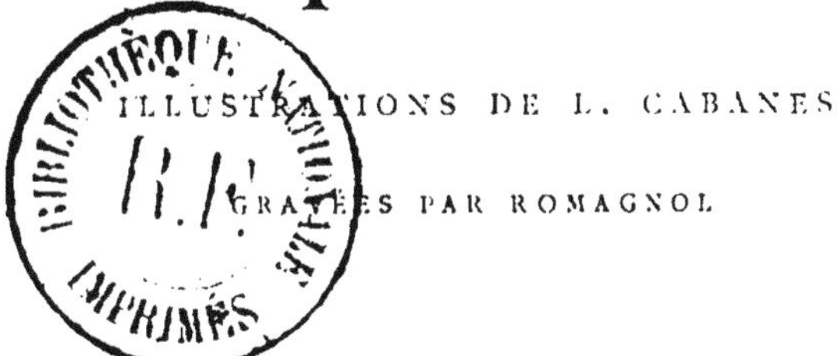

ILLUSTRATIONS DE L. CABANES

GRAVÉES PAR ROMAGNOL

PARIS

ALPHONSE LEMERRE, ÉDITEUR

23-31, Passage Choiseul, 23-31

1899

A GUSTAVE SCHLUMBERGER

I

SIMONE

I

SIMONE

RÉCIT DE NOËL

ONZE heures. Au dehors, une nuit glacée, avec des passages de vent et des tourbillons de neige. A l'intérieur du petit hôtel qu'occupe le comte d'Eyssève, près du parc Monceau, et par cette nuit de Noël, c'est le silence des maisons que le deuil a visitées, un deuil terrible entre les deuils. A ce nom d'Eyssève, il n'est pas un Parisien qui ne se rappelle la fin tragique de la comtesse, morte, au printemps, d'une chute de cheval. Je ne puis, moi, penser à elle sans me souvenir de la première représentation de la *Princesse de Bagdad,* et sans revoir l'adorable jeune femme, sur le devant de sa baignoire, avee ses cheveux châtains séparés en deux simples bandeaux, son visage allongé, sa fine pâleur et ses yeux bruns, que leur légère myopie faisait cligner un peu, quand elle ne s'aidait pas, pour mieux regarder, d'un lorgnon d'or dont ses doigts menus maniaient si joliment le manche ciselé. Elle a laissé trois enfants orphelins : deux fils, dont l'aîné, Pierre, a onze ans; le cadet, Armand, dix; et une petite fille, Simone, qui, elle, n'a pas encore huit ans.

C'est au second étage du petit hôtel qu'habitent les enfants. Les deux garçons ont une chambre commune. La petite Simone, la dernière venue, a sa chambre à

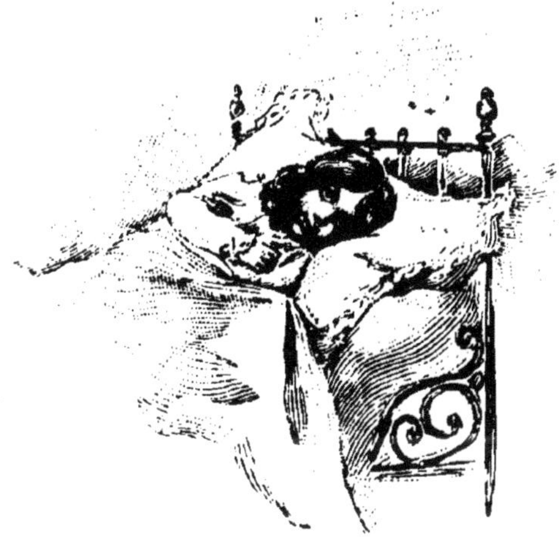

elle. Et par cette nuit terrible de Noël, où les enfants pauvres grelottent de froid dans les rues, l'enfant riche a bien froid au cœur dans sa chambre tiède où le feu achève de mourir. Le tapis havane qui court partout, les rideaux roses et verts, où s'abrite le petit lit clairement peint, le bois de rose du chiffonnier, de la commode et du mignon secrétaire, les coquets et fragiles objets de toilette épars sur la table, — tout atteste la minutie du luxe dont la comtesse avait enveloppé son enfant aimée. C'était son orgueil quand ses amies visitaient cette chambre et s'écriaient : « Oh ! ma chère ! nous n'étions pas gâtées ainsi à leur âge... » Mais que Simone se sent malheureuse dans ce tiède asile où elle est là, seule, à penser ! Elle pense que, depuis la mort de sa mère, quelque chose a changé pour elle, autour d'elie, comme l'atmosphère d'affection où elle vivait s'était soudain glacée. Ce n'est pas de cette mort elle-même que l'enfant souffre. A son âge, ce mot terrible, la Mort, ne représente pas la réalité affreuse : la colline du Père-Lachaise, un caveau parmi des centaines d'autres, un cercueil dans un compartiment de ce caveau, et dans ce cercueil, une forme à jamais immobile et qui s'en va, se décomposant heure par heure... Non, sa mère morte, c'est, pour sa rêverie d'innocente et pieuse enfant, cette mère envolée au Ciel, dans ce lieu vague et lointain, rempli de délices indéterminées, peuplé d'anges qui volent comme sur la gravure de son livre de messe, — demeure heureuse où elle espère rejoindre un jour la disparue. Elle a conservé de cette chère absente une si jeune, une si belle vision. Elle ne l'a pas vue, les yeux clos, la bouche ouverte, livide, le front ensanglanté. Le premier soin du comte fut d'envoyer tous ses enfants chez sa mère à Versailles. On leur a mis des vêtements de couleur noire, et ils ont demandé pourquoi. On ne le leur a pas dit d'abord. Ils n'ont compris qu'ils étaient frappés d'un malheur qu'à la pitié devinée dans les yeux qui les regardaient. Mais le vaste parc où on les emmenait jouer, par ces jours d'avril, était si vert, avec son peuple de statues et l'eau dormante de ses bassins. Puis leur père est venu les rejoindre : « Et maman ?... » ont-ils demandé tous les trois. Le comte les a embrassés en fondant en larmes. Il avait un visage si triste, si triste !... Ce que la petite Simone se rappelle surtout, c'est qu'elle a compris dès ce jour-là cette chose inexplicable, insensée, presque monstrueuse pour son esprit d'enfant : son père ne l'aimait plus comme autrefois... Et c'est à cause de cela que, par cette nuit de Noël, elle demeure éveillée, au lieu de dormir du paisible sommeil qui, dans la chambre à côté, ferme les yeux insouciants de ses frères.

Son père ne l'aime plus ! Les images vont et viennent dans sa petite tête, qui, toutes, se résument dans cette idée. Il ne l'aime plus, elle qui était jadis sa préférée... Elle revoit l'allée du parc de Versailles où elle a subi cette première impression, sans pénétrer, aujourd'hui plus qu'alors, la cause de ce changement subit dans les manières de cet homme, qui ne pouvait, autrefois, rester un quart d'heure avec elle sans la couvrir de caresses. Elle se promenait avec Pierre et Armand, conduits, tous les trois, par Mlle Marie, sa gouvernante. Son père est apparu tout d'un coup. Elle s'est précipitée vers lui, comme d'habitude, avec un élan de tout son être. Rien qu'à rencontrer ses yeux, rien qu'à sentir la façon avec laquelle il a reçu ses baisers, elle a deviné qu'il n'était plus le même pour elle. Un étonnement l'a saisie d'abord, et comme un frisson de timidité. Qu'avait-elle fait de mal, ce jour-là, cependant? Pourquoi lui a-t-il dit, avec cette voix qu'elle ne lui connaissait qu'au lendemain des jours où elle avait mérité d'être grondée : « Marche avec Mademoiselle... » tandis qu'il allait, prenant par la main Pierre tour à tour

2

et Armand, mais non pas elle ?... Depuis lors, il ne lui a jamais parlé avec une autre voix. Et, dans les mille petits détails dont se compose sa vie d'enfant, ç'a été ainsi un changement total qu'elle ne peut pas s'expliquer parce qu'elle se sait si profondément, si absolument innocente. Le matin, aussitôt levée, elle avait, du vivant de sa mère, l'habitude d'aller dans les chambres de cette pauvre mère d'abord, puis de son père, et elle restait là, longuement, à se faire gâter. C'en est fini de ces visites, fini des petits mots câlins, fini des rires que ses moindres réparties amenaient sur ce visage d'homme dont les yeux ne fixent jamais plus ses yeux. Elle n'ose pas chercher ses regards depuis qu'elle y a lu cette froideur qui la glace jusqu'au fond de l'âme. Elle n'ose pas avancer vers lui et prendre sa main pour la baiser, depuis qu'il a retiré avec colère, un jour qu'elle s'était permis cette caresse, cette main toujours occupée autrefois à lisser ses boucles, à flatter sa joue. Elle a beau multiplier ses efforts d'enfant consciencieuse pour que Mademoiselle n'ait pas un reproche à lui faire, jamais un compliment ne récompense son zèle, et il lui semble que cette injustice de son père a gagné tous ceux qui l'entourent, depuis ses frères, qui la traitent avec tant de brusquerie, jusqu'à Mademoiselle, qui s'impatiente plus vite... Et à qui se plaindre? Sa bonne grand'mère de Versailles est si infirme, si lourde, et puis elle ne la voit presque jamais. A son père lui-même? Elle est, devant lui, paralysée d'une terreur qu'elle ne peut pas vaincre. Elle avait un ami autrefois, M. d'Aydie, son parrain. Il ne vient plus jamais à la maison. Elle l'a rencontré quelquefois aux Champs-Élysées ; mais il s'est contenté de saluer Mademoiselle sans leur parler, — quoiqu'elle l'ait vu qui la suivait des yeux longuement. Pourquoi l'a-t-il abandonnée, lui aussi, puisqu'il l'aime, comme autrefois, elle l'a bien deviné à son regard ? Elle éprouve les détresses d'un enfant perdu parmi des étrangers, et qui se sent délaissé, presque haï. Elle écoute le vent passer sur l'hôtel, gémir longuement, s'éloigner, reprendre, la rafale fouetter les volets fermés, et elle se demande si tous sont endormis dans la maison ?

C'est qu'elle a formé un grand projet... Puisque le petit Jésus doit descendre cette nuit et remplir de bonbons et de jouets les souliers placés à côté de la cheminée, dans la chambre d'études, pourquoi ne s'adresserait-elle pas à lui, afin qu'il soulage la peine dont elle souffre trop durement ? le petit Jésus habite au Ciel, et on a dit à Simone que sa mère était au Ciel aussi.

L'idée lui est venue d'écrire à sa mère.

Elle posera la lettre sur son soulier. Le petit Jésus ne peut manquer de la voir, de la prendre et de la remettre. Elle a donc trouvé le moyen d'écrire, en deux ou trois jours, cette lettre à sa mère, qu'elle a soigneusement enfermée dans une enveloppe, sur laquelle sa main tremblante a tracé cette adresse : « A maman, au Ciel... » Mais elle n'a jamais osé placer cette enveloppe sur le soulier, devant Mademoiselle et devant ses frères... Maintenant tous reposent. Aucun bruit n'arrive de la porte à droite, qui est celle de la chambre de Pierre et d'Armand, ni de la porte à gauche, qui est celle de la chambre de Mademoiselle. Voici que Simone se glisse hors de son petit lit. Elle a caché la lettre dans le tiroir d'en bas du chiffonnier. Elle va la prendre à tâtons... Son cœur bat si vite à l'idée qu'elle pourrait heurter quelque meuble... Ses pas se font menus pour ne point s'embarrasser dans la longue chemise... Elle ouvre la porte à droite de son lit, celle qui donne sur le corridor. Justement, à cette minute, le vent souffle plus fort et couvre le craquement de cette porte. L'enfant est dans le couloir. Encore deux portes et elle entre dans la chambre d'études. Il y a une grande table au milieu, une bibliothèque à gauche. Elle étend celle de ses mains qui est libre. Elle touche le marbre de la cheminée, elle se penche : une bottine, une autre bottine... Ce sont les chaussures de ses frères. Elle a préféré, elle, mettre son petit soulier du soir, parce qu'il lui a paru que la lettre tiendrait plus aisément par-dessus. Elle pose la lettre là, sur le soulier, de manière qu'elle soit bien en vue, et la pauvre s'en revient toute frémissante, jusqu'à la minute où elle se glisse de nouveau dans son lit, dont elle retrouve la chaleur avec

délices. Le vent peut gémir maintenant, et la neige battre les volets, elle a dans le cœur une flamme d'espérance qui le réchauffe. Ce n'est pas possible que sa mère ne la protège pas.

Une heure du matin. La fenêtre du cabinet de travail du comte d'Eyssève brille seule dans la nuit sur l'obscure façade. Le comte est assis au coin de son feu et, lui aussi, il reste à penser au lieu de dormir. Il y a une année, — une seule année, — sa femme et lui se trouvaient réunis dans cette même pièce, achevant de préparer les cadeaux réservés aux enfants. La triste, la navrante chose, lorsque le souvenir d'une morte que l'on a tant aimée est aussi le souvenir d'une trahison !... Cette plainte du vent autour de l'hôtel qui berce le sommeil de Simone enfin apaisée, achève d'emplir l'âme de cet homme d'une mélancolie presque folle... Il revoit sa femme, comme si elle était là encore, et sa douce pâleur, et ses yeux bruns, et son sourire toujours hésitant sur cette bouche fine. Hé quoi! derrière ce visage, ces yeux, ce sourire, elle cachait un horrible secret d'adultère? Elle avait ce regard si pur que, le rencontrer, c'était, pour lui, se sentir meilleur; et elle le trompait! Elle le trompait depuis des années, lui, qui eût considéré comme une espèce de honte de seulement la soupçonner! Qu'y a-t-il donc de vrai en ce triste monde, puisque son Alice, elle aussi, s'était trouvée fausse, comme les autres? Ah! comment se consoler jamais de cela, que cette bouche, dont il avait tant adoré le sourire, lui eût tant menti? Était-elle jolie, quand il l'avait vue pour la première fois, jeune fille, au bal, et de quelle grâce pudique elle était revêtue! Il l'avait aimée dès ce premier soir. Et quand il avait de-

3

mandé sa main, était-il, lui, assez profondément ému, et tout honteux des souvenirs qu'il gardait de son passé de jeune homme! Et il l'avait épousée... De quelle émotion sacrée son cœur était noyé tandis qu'ils marchaient à l'autel! Une foule se pressait dans l'église. Il n'avait vu que cette créature, blanche parmi ses voiles blancs, de laquelle émanait une suavité si pénétrante qu'il avait de la peine à croire à son bonheur. Mensonge, tout était mensonge, et cette pureté de son noble visage, et cette pudeur qu'elle avait toujours gardée, même dans l'abandon de sa personne... Le comte revoit l'intimité de la chambre conjugale, et sur l'oreiller cette tête d'une ingénuité de vierge, parmi les anneaux épars de ses cheveux. Qu'un autre ait manié, lui aussi, ces souples cheveux, qu'un autre ait couvert de caresses ce visage idéal, qu'un autre ait mis sa bouche sur cette bouche, c'est une vision horrible, moins horrible pourtant que cette impression de la hideuse, de l'abominable tromperie. De quelle boue est-il pétri, le cœur de la femme, qu'une créature puisse apporter à son mari un front de madone, quand elle a encore, dans toute sa chair, le frisson des baisers d'un rendez-vous clandestin? Que seulement elle n'eût pas eu ce visage-là, et il n'aurait pas souffert ce qu'il souffrait. Mais, un tel mensonge avec ces beaux yeux, — ces yeux célestes qu'il ne pouvait, même à l'heure présente, s'empêcher de chérir!

Les jours ont passé depuis le moment où le comte a su la fatale vérité. Il était sorti le matin, à cheval, avec sa femme. Il avait assisté, fou de désespoir, au tragique accident. C'était lui qui, de ses mains, avait le premier essayé de porter secours à la mourante. Et, le soir même de l'enterrement de cette femme idolâtrée, quand il était allé, en proie à toutes les agonies de l'amour, se repaître de souvenirs dans sa chambre, à elle, là, presque aussitôt, il s'était heurté à l'indiscutable, à l'affreuse preuve. Il avait ouvert un des tiroirs du meuble où elle renfermait les petits objets auxquels elle tenait le plus. Et il avait trouvé un paquet de lettres qui lui avaient tout appris... Elle avait un amant!... Et par qui s'était-elle laissé séduire? Par l'homme pour qui elle aurait dû être sacrée entre toutes, par ce marquis d'Aydie, qui avait été son compagnon de jeunesse, à lui... Tout, il avait tout appris d'un coup, et leurs premières luttes, et comment d'Aydie avait essayé de la fuir, et son retour presque aussitôt, et les circonstances de la criminelle faiblesse

d'Alice et ses remords, et le pire, — le hideux secret de la naissance de Simone. Oui, cette enfant que le comte avait préférée aux autres, cette petite fille qui avait pris cette place à part dans sa tendresse, elle n'était pas la sienne. Stupide, stupide aveuglement! Est-ce qu'il n'aurait pas dû reconnaître que cette fragile et délicate créature n'était pas de sa race, ni de celle de ses deux fils, si robustes, si pareils aux d'Eyssève par leur carrure, tandis que l'autre?... Justement, c'était cette délicatesse qu'il avait tant chérie dans cette enfant, l'image de sa mère. Pourquoi, lui ayant menti sept années durant, Alice n'avait-elle pas menti jusqu'au bout? Pourquoi avait-elle gardé, là, auprès d'elle, ces lettres de son amant? Fallait-il qu'elle l'aimât, cet homme, et qu'elle comptât sur sa confiance, à lui! Au premier moment, il s'était dit : « Je vais tuer ce traître... » Et puis il n'avait rien fait, à cause des enfants. Il n'avait pas voulu que ses deux fils eussent à penser un jour de leur mère ce qu'il en pensait lui-même ? Et il avait vécu. Il s'était contenté d'interdire sa porte et de refuser sa main à l'ami félon. Il s'était dit en embrassant ses fils : « Je leur sacrifie tout, même ma vengeance... » Et il avait vécu, supplicié par l'idée fixe que la petite fille, *la fille de l'autre,* réveillait sans cesse par sa seule présence. Que de fois il s'est répété : « La pauvre est cependant innocente... » et toujours il s'est trouvé incapable de lui pardonner la trahison de sa mère, cette trahison qui, par cette lugubre et solitaire veillée de Noël, fait sangloter cet homme outragé, — comme s'il avait appris d'hier la cruelle, l'inoubliable vérité.

La pendule a sonné deux heures. Le comte a essuyé ses larmes. Il en rougit maintenant. Le mot de lâcheté vint à sa bouche. Il se lève. Son front est creusé de rides plus profondes que d'habitude. Les éclairs cruels de la jalousie brillent dans ses yeux. Il vient d'avoir la vision physique de la tromperie, et par une involontaire association d'idées, il songe à Simone, comme toujours. Non, il ne lui pardonnera jamais, à elle. Il a, sur sa table, des paquets de jouets qu'il se dispose à porter lui-même dans la salle d'études, pour les mettre à côté des souliers que les enfants ont dû y laisser. Cela lui fait horreur de toucher les objets destinés à la petite fille. Il lui semble qu'il hait cette enfant d'une haine furieuse « Et pourquoi pas ? » se dit-il, étouffant les remords qui le poursuivent souvent. D'ailleurs, n'a-t-il pas eu le courage de remplir avec elle tout son devoir ? Que peut lui demander de plus sa conscience ? C'est avec ces pensées qu'il monte l'escalier et qu'il pénètre dans la salle d'études, tenant d'une main un flambeau et de l'autre plusieurs des petits paquets. Il voit, au coin de la cheminée, la tache blanche que fait l'enveloppe de la lettre. Il la ramasse, il regarde la suscription. Il déchire l'enveloppe, et il lit :

« *Ma maman chérie,*

« *Je t'écris pour te montrer ma belle écriture, et pour te dire que je suis bien sage depuis que tu es partie. Mais je ne vais plus au salon. Papa dit que les petites filles doivent rester avec Mademoiselle. Mademoiselle est bien gentille, mais Renée, tu sais, la belle poupée que tu m'as donnée, m'ennuie. Et les autres joujoux aussi. Rien ne m'amuse depuis que tu n'es plus là.*

« *Les boucles d'Armand sont coupées, et, moi, j'ai une robe noire et un peigne comme tu ne l'aimes pas. Pierre a un pantalon tout long, et il me taquine quand je pleure. Mais*

Armand me soutient, et dit que c'est laid de lui. Mademoiselle m'a dit que tu es au ciel, et que tu y es heureuse. Pourquoi ne m'as-tu pas prise avec toi, j'aurais été si sage?

« Puisque tu es au ciel, demande au petit Jésus, qui peut tout, de faire que papa m'aime comme lorsque tu étais là. Il me repousse quand je l'embrasse. Pierre et Armand sont toujours avec lui, après leurs leçons, et moi, il me renvoie chez Mademoiselle, où je ne fais pas de bruit. Je n'ose pas le regarder, ses yeux me font peur. Pourtant, je te promets que je n'ai pas fait de menterie.

« Tous les soirs, il va embrasser mes frères. J'entends fermer la porte. Je fais semblant de dormir, et j'attends en fermant mes mains si fort; mais il ne vient plus, et je pleure pour m'endormir.

« Maman, toi qui m'aimes encore, dis au petit Jésus que papa ne veut plus de moi, et que je voudrais tant mourir! Et je t'embrasse de tout mon cœur, il est bien gros. »

Et l'enfant avait signé : « *Ta petite Simone, qui t'aime tant.* »

Le comte lut et relut ces lignes qui remplissaient les quatre pages de la feuille de papier. Quelles idées s'agitèrent tour à tour dans sa tête ?... Fut-ce sentiment de justice ? Il y a dans toute douleur d'enfant quelque chose de trop triste. Pauvres petits êtres, qui n'ont pas demandé la vie ! — Fut-ce attendrissement de l'ancien amour ? Car l'enfant d'une femme que nous avons passionnément aimée, c'est cette femme encore. — Une heure après avoir lu cette lettre enfantine, où la chère créature avait mis toute sa douleur, cet homme était dans la chambre de Simone et la regardait dormir. Et quand l'enfant se réveilla, le lendemain matin, elle ne sut pas si elle avait fait un rêve, ou si celui à qui elle donnait le doux nom de père était réellement venu l'embrasser dans son lit, comme autrefois, avec des larmes. Et, mystère par-dessus les autres mystères, il n'y a pas, depuis cette loin-

taine veille de Noël, d'enfant plus aimée que ne l'est la petite Simone par le comte. Il n'a rien oublié pourtant. La preuve en est qu'à la suite d'une discussion au cercle, il a tué le marquis d'Aydie en duel, d'un coup de pistolet. Les observateurs du monde qui ont deviné le secret de la naissance de l'enfant se sont demandé pourquoi d'Eyssève a différé si longtemps sa vengeance. Que diraient-ils s'ils savaient que le mari outragé ne s'est décidé à cette rencontre que pour avoir vu, un jour, d'Aydie embrasser Simone aux Champs-Élysées ?

Paris, décembre 1886.

II

LUCIE

II

LUCIE

« Vous ici, mon général?... » lui dis-je; « non, je ne vous savais pas idyllique à ce point-là!... »

Le fait est que le contraste pouvait paraître singulier jusqu'au paradoxe, entre le terrible homme que j'abordais par ce cri de surprise et l'endroit où nous nous rencontrions... Le général Garnier, qui a ses cinquante-quatre ans bien comptés aujourd'hui, malgré la taille de sous-lieutenant qu'il conserve à force d'exercice, est une espèce d'athlète à face de lion comme ce Kléber auquel il ressemble. Il illustre pour moi la superbe phrase que Michelet a trouvée justement pour peindre Kléber : « ... Il avait, » dit-il, « une figure si militaire qu'on devenait brave en le regardant. » Un coup de sabre reçu en plein visage achève de donner à Garnier une physionomie plus que martiale, — redoutable, — à cause du contraste entre le bourrelet rouge de la cicatrice et un teint brouillé de bile. Il y a vingt années d'Afrique dans ce teint-là où brillent deux yeux bleus couleur d'acier, toujours en mouvement comme ceux des oiseaux de proie. Un reflet d'acier semble luire aussi sur les cheveux aujourd'hui tout blancs et coupés ras, dont cette tête est comme casquée. La longue moustache encore blonde adoucit un peu ce masque de condottière du XVe siècle, planté sur un torse de géant et des épaules à porter un bœuf. Le général est célèbre dans l'armée pour sa force herculéenne qui lui permet de renouveler les exploits du maréchal de Saxe et de tordre un écu d'argent de cinq francs, autant que pour sa bravoure à la Murat et ses excentricités personnelles.

L'ancien colonel de zouaves qui, pendant la guerre, s'est échappé deux fois des forteresses allemandes, affecte, rival en cela de son plus brillant collègue dans la cavalerie, de ne jamais porter de pardessus. Il est coutumier de ne faire qu'un repas par jour, dosé d'après le système d'entraînement des rameurs anglais, afin de ne pas engraisser. Il ne fume pas, pour garder plus intact son estomac, « la place d'armes du corps. » Homme d'épée capable de tenir tête à Camille Prévost, le maître des *Mirlitons,* ce grand artiste en escrime, il manie le bâton avec la même supériorité, et les jours où il vient pour prendre la raquette au cercle du jardin des Tuileries, c'est fête parmi les paumiers, comme c'est fête chez Gastinne quand il s'amuse à quelques cartons. Je l'appelle en riant *felis militaris,* plaisanterie qu'il ne me paraît pas avoir encore bien comprise, mais qu'il me pardonne parce qu'il a la bonté de m'aimer, m'ayant connu petit garçon par des relations de famille; et c'est bien un animal militaire, outillé de par la nature et de par la volonté pour aller à la guerre, comme le lion, — *felis leo,* — ou le tigre, — *felis tigris,* — sont outillés pour chasser au désert ou dans les jungles... Et je le retrouvais, ce dur personnage, accoté contre un montant d'une porte, dans le grand salon de l'hôtel Werekieff, qui regardait, vers quatre heures du soir, une leçon de danse donnée, par un maître en redingote, à sept ou huit fillettes ou jeunes filles de dix à seize ans et une demi-douzaine de garçonnets ou de jeunes gens du même âge. Mme Werekieff, qui adore ses deux filles Nadine et Louise, — Nadia et Loulia, — dont l'une a treize ans et l'autre quinze, leur a permis de prendre ainsi ce grand salon pour théâtre de leurs polkas et de leurs valses, le dimanche et pendant les heures où elle reçoit. Elle se tient, elle, dans un autre salon plus petit, tout à côté, et beaucoup de visiteurs, attirés par la musique et par le désir de se caresser les yeux à ces frais visages d'enfants, passent par la salle de danse avant de quitter l'hôtel. J'avais fait ainsi; mais que le général Garnier eût eu la même idée et qu'il se complût au spectacle de ces cou-

ples en train de tourner parmi les accords du piano, les battements de mains du maître marquant la mesure et les éclats de rire naïvement jetés, voilà qui dérangeait mes idées sur cette espèce de Montluc moderne qui vit en vieux garçon, entre le ministère où il se trouve attaché depuis un an, son pied-à-terre de la rue Galilée où il a deux chambres meublées pas trop loin du Bois, la salle d'armes et quelques visites, très peu. Je le savais lié avec le comte Werekieff comme avec un des gauchers les plus difficiles de Paris. Cela ne justifiait pas l'intérêt qu'il semblait prendre à ce bal improvisé, et je me hasardai, tout en lui serrant la main, à répérer ma question : « Vous ici ? » au risque de m'attirer un de ces coups de boutoir comme celui qu'il a donné en ma présence à un indiscret qui le questionnait sur son poste dans la prochaine guerre :

— « Je serai employé contre les Prussiens, voilà ! ça vous suffit-il ?... »

Il fut moins raide avec moi, sans doute parce que ce n'était pas « affaire de service, » et, d'un ton moitié bourru, moitié cordial, il me répondit :

— « Je fais de la psychologie, moi aussi... » Il eut un de ces rires intérieurs qui lui ont valu sa réputation de mauvais coucheur, puis, reprenant : « C'est la seconde fille de la comtesse, cette blonde en robe rouge qui danse avec ce grand garçon mince ?... »

— « Oui, » fis-je, « Nadia... »

— « Ça marche sur ses treize ans ?... » interrogea-t-il. Puis sans attendre ma réponse : « et c'est déjà roué comme potence... Vous voyez là-bas, dans un coin, ce petit rougeaud qui boude ? Observez les grâces qu'elle fait à son danseur quand ils passent près de lui... Hein ! Ce sourire ? Cet air de ne pas savoir que le rougeaud est jaloux ?... Oui, jaloux... Encore un tour... Tenez, encore un sourire... Savez-vous qu'il lui a fait une scène, là, tout à l'heure, à côté de moi qui n'avais pas l'air d'écouter. Il lui demandait de danser cette valse avec elle ; et devinez ce qu'elle a répondu : « Non, j'ai pris Edgard pour mon *flirt* aujourd'hui... » Si vous aviez entendu ça... Le rougeaud va pleurer. Regardez-moi sa mine... Et la petite gueuse s'amuse-t-elle ? s'amuse-t-elle ?... »

Le manège de cette enfantine coquetterie était, en effet, si comique et si évident, que je me mis à suivre la valse de la petite Nadine avec une curiosité pareille à celle du général. Ses petits pieds chaussés de fins souliers vernis tournaient gracieusement, la natte de ses longs cheveux blonds remuait joliment sur sa taille, qu'une ceinture, mise à son dernier cran, rendait d'une minceur invraisemblable, même pour elle. C'était une petite fille encore, mais si grande déjà dans sa robe rouge, avec une expression si futée de son visage rosé par le mouvement et le plaisir, qu'on pressentait déjà en elle la mondaine qu'elle serait dans quelques années. Sa sœur Loulia et leurs amies paraissaient lourdes auprès d'elle, qui finit par rester la dernière. Le piano allait toujours et le maître frappait des mains, tournait tout seul sur lui-même, jusqu'à ce que Nadine allât se jeter, comme vaincue de fatigue, sur une chaise, auprès de la place qu'occupait le petit garçon aux cheveux roux. Elle se mit à lui parler, tout en s'éventant, avec des sourires qui montraient qu'après l'avoir blessé par la jalousie, elle voulait le ramener et se prouver son pouvoir.

— « Est-ce complet ?... » dit le général. « Là-dessus je décampe... Je dîne encore en ville à sept heures et demie, et je dois m'habiller... Je dîne ? Façon de parler. — Venez-vous ?... »

Façon de parler, en effet, car c'est encore une de ses manies de partir de chez lui ayant pris son repas d'après ses principes, et de siéger à table sans toucher à un plat. Mais on l'admet ainsi, et moi, qui l'admets et l'admire de toutes manières, je le suis hors de la salle de danse. Nous arrivons dans l'antichambre. Il prend sa canne des mains d'un valet de chambre et me regarde avec mépris endosser une fourrure. Nous voici dans la rue, et il cambre son torse sous sa redingote serrée comme une tunique sans avoir l'air de se douter que par cette fin d'un jour froid de février, il gèle ferme. Il frappe le trottoir de son pied qu'il a mince et joli malgré sa haute taille. Il a planté son chapeau sur le coin de sa tête avec des allures de képi. Il porte beau. Mais il en a le droit. Il est si brave, et puis j'aime cette crânerie de tenue qui est bien française. Il se tait pendant un bout de chemin. Moi qui le connais, je vois, à son froncement de paupières et à sa manière de mordiller sa moustache gauche, qu'il a envie de me raconter une histoire.

J'attends quelque vieille anecdote de la guerre ou de la Commune, ses sujets fa-

voris. Je me trompais sur la nature de l'anecdote. Je ne me trompais pas sur son désir de me servir un de ces récits qu'il aime à me faire. Je l'écoute si bien ; et, tout héros qu'il est, il a son petit coin de vanité. Ce n'est pas à un écrivain de railler cette vanité-là.

— « Satanée fillette !... » dit-il brusquement, « si son père s'entendait à élever ses enfants comme à ramasser un contre... Si c'était moi seulement, ce père... Vli ! vlan ! — Elle n'en mènerait pas large. » Il fit mine de cravacher un cheval avec sa canne. Ce n'est pas un académicien que Garnier, et il ne ménage ni ses gestes ni ses mots. Pourtant il faut lui rendre cette justice l'énergie de son style ne va pas jusqu'à l'argot, et il réserve le juron pour la caserne ou le champ de bataille. Sa terrible figure avait exprimé, tandis qu'il corrigeait imaginairement la pauvre Nadia Werekieff, une si étrange colère que pour une fois je trouvai mon héros comique, et je le lui dis :

— « Vous êtes par trop général, mon

général, et pour un innocent enfantillage de coquetterie... »

— « Il n'y a pas d'enfantillage..., » interrompit-il brusquement... « Ah! monsieur l'analyste, je vous y prends. Vous aussi, des phrases toutes faites!... Regardez-moi bien. Je suis une vieille culotte de peau, un soudard, une baderne... Je les connais, vos mots pour nous autres... Mais culotte de peau, soudard ou baderne, j'en sais plus long sur l'éducation que tous vos pédagogues. Il n'y a pas d'enfantillages. Je vous le répète. Il n'y a pas d'enfantillage. Ces impressions et ces défauts de la douzième, de la treizième, de la quatorzième année, on dit que ce n'est rien. Tout l'homme en dépend. C'est comme dans les gares le petit mouvement par lequel on aiguille un train... Ce n'est rien non plus, ce mouvement. C'est tout le voyage... »

— « Il y a du vrai, » répondis-je,

amusé par sa comparaison ; et le voyant excité, j'ajoutai pour le piquer un peu : — « Mais vous exagérez... »

— « J'exagère ! » reprit-il en haussant ses larges épaules, « et si je vous disais qu'en regardant tout à l'heure ce petit rougeaud se morfondre de jalousie, et cette Nadia coqueter avec son nigaud de valseur, je voyais là devant moi, reproduite à quarante ans de distance, la scène qui m'a fait devenir ce que je suis ? Voilà qui donne une solide tape à vos théories sur les enfantillages !... Enfantillages ! » et il rit de nouveau en dessous : — « Oui, » insista-t-il, « s'il y a dans l'armée un certain Garnier qui a fait son devoir en Italie, au Mexique et ailleurs, au lieu d'un Garnier ingénieur, notaire, avocat, médecin, que sais-je ? la cause en est à une histoire aussi naïve que celle que nous venons de surprendre. » Il regarda le cadran au kiosque d'une station de fiacres. — « J'ai trois quarts d'heure à marcher, » dit-il, « pour avoir mon compte d'exercice de la journée... Voulez-vous les marcher avec moi... Ça vous refera les muscles et je vous dirai cette histoire... »

— « Accepté, mon général, » répliquai-je, et, mon pas réglé sur le sien, nous dévalons vers l'Arc de Triomphe. Le crépuscule d'hiver envahit le ciel. Les lanternes des voitures et les flammes des becs de gaz luttent contre le brouillard qui se lève, et j'écoute ce géant aux muscles d'acier me raconter avec une voix qui s'adoucit, s'adoucit toujours, un de ces chagrins d'enfance qui sont comme ces blessures que l'on se fait au front ou aux joues en tombant, tout petit, sur un escalier. C'est vrai cependant que l'on en porte la cicatrice jusqu'à la fin.

— « Savez-vous, » commença-t-il, « que j'ai grandi, moi qui vous parle, comme un de ces mauvais galopins que nous quittons, pour qui l'on dépense deux ou trois fois la paie d'un colonel, et qui ont là, pour les servir, des cinq ou si grands flandrins de valets ?... Et puis, ça entre dans la vie avec des goûts de luxe à être malheureux partout. Ça mène des existences de remplaçants qui vous détruisent un homme en quelques années plus que dix campagnes !... Ah ! quand j'étais colonel et qu'il m'en passait par les mains, de ces fils à papa... Vli ! vlan ! » Nouveau geste de la canne, comme pour la petite Nadia. C'est fort heureux pour les jeunes gens auxquels il pensait, que le règlement défende les corrections physiques. Et il continue : — « Qu'il vous suffise de savoir que jusqu'à l'année 1848, mon père avait deux cent mille francs de rente. Il était dans les affaires. Lesquelles ? Ne me le demandez pas. J'ai appris l'arabe en un an, lorsque j'étais jeune officier. Je mourrai avant d'avoir compris un mot aux spéculations qui ruinèrent ce pauvre père dans cette fatale année de la révolution. Ce que je sais bien, par exemple, c'est qu'il paya tout ce qu'il devait, mais à quel prix?... Il en mourut de douleur. Cette catastrophe mit six mois à s'accomplir. En janvier, nous avions plus de quatre millions; en septembre, ma mère était veuve, avec dix mille francs de rente viagère, produit d'une ancienne assurance; et, en octobre, au lieu de continuer mon éducation, avec un précepteur, dans notre somptueux hôtel de la rue de la Ville-l'Évêque, j'entrais comme interne au lycée de Tours. Des amis de notre famille m'y avaient obtenu une bourse, en souvenir de mon grand-père maternel, celui qui est mort général à Waterloo. Avez-vous vu son portrait à Versailles, avec le hussard qui fume la pipe dans un coin? Je lui ressemble. En moins robuste, j'en suis sûr. Il pouvait porter trois fusils à bras tendu en introduisant les doigts dans les canons, » il étendit la main et fit le geste de ce tour de force. — « Moi, je n'ai jamais pu en porter que deux. » — Ici, un soupir ; puis de reprendre :

— « J'avais quatorze ans, lorsque je partis ainsi pour Tours avec ma mère qui allait m'installer dans ma première caserne. Et savez-vous ce qui me faisait le cœur bien gros, quand je passai le seuil du collège ? Le souvenir de mon père ? Non. L'idée de la mort n'offre rien d'assez précis à cet âge pour qu'on en souffre vraiment. Le regret de ma liberté perdue, de quitter ma mère et ma sœur, mon aînée d'un an, qui me gâtaient à qui mieux mieux ?... Vous n'y êtes pas. Le lycée me représentait des camarades, et j'avais déjà des poings si vigoureux que je n'avais peur de personne. Ma mère et ma sœur m'avaient promis de m'écrire, et puis, je savais qu'en entrant comme boursier dans le collège, leur bien-être s'augmentait d'autant. Mais voilà, j'étais amoureux, vous entendez bien, malgré mes quatorze ans à peine sonnés, amoureux comme une bête, d'une petite amie de ma sœur, qui avait juste mon âge et qui s'appelait Lucie. C'était exactement le même type que cette Nadia : des cheveux blonds comme les blés, — il y a une romance là-dessus, — des yeux comme des bleuets, — autre romance, — et la plus gracieuse souplesse de tous les mouvements. Un charme de jeune fille, avec des gamineries d'enfant... Souriez, ayez l'air de ne pas y croire. Oui, je l'aimais, si c'est aimer que de penser toujours à la même personne, d'exécuter avec délices ses trente-six volontés, d'être malheureux quand elle fronce le sourcil, heureux quand elle vous sourit, d'aller quand elle vous dit : « Va, » de rester quand elle vous dit : « Reste, » enfin un de ces sentiments que nous jugeons frais comme une rose ou bête comme un chou, suivant qu'il s'agit de nous ou de notre prochain. »

— « Je n'ai pas de peine à vous croire, mon général, » répondis-je ; « le plus délicat de nos poètes a fait des vers sur un sentiment pareil :

Vous aviez l'âge où flotte encore
La double natte sur le dos... »

— « Connais pas, » fit il, en me coupant ma citation ; « toujours est-il que ce furent, quand je dus partir pour le collège, les adieux les plus déchirants, entre Lucie et moi, — du moins de ma part. — Pensez donc que nous nous voyions deux fois, trois fois la semaine ; que depuis des années nous jouions au petit mari et à la petite femme ; que nous avions encore passé une partie de l'été chez ses parents, à la campagne, tandis que son père surveillait le règlement des affaires de mon père, à moi. Nous nous fîmes, dans la chambre de ma sœur, de solennelles promesses de ne pas nous oublier : elle me donna une médaille pour me porter bonheur, que j'attachai à ma chaîne de montre en lui jurant de la garder toujours, et me voilà embarqué pour mon lycée de province. Il fallut me lever à cinq heures et demie et au son du tambour, moi qui dormais à la maison jusqu'à sept heures en été, huit en hiver. J'appris à me laver à l'eau froide, dans un dortoir sans feu et devant un robinet de cuivre qui nous pleurait cette eau, moi qui avais autrefois un valet de chambre pour m'ouvrir mes rideaux, faire flamber le bois dans la cheminée, et me préparer un bain tiède. Je dus remplacer la fine cuisine d'un chef de financier par l'ordinaire du réfectoire, servi en deux temps, trois mouvements, sur des tables de marbre, sans serviette et dans une vaisselle épaisse comme ma main. Mais j'avais dans les veines quelques gouttes du sang du grand-père, de ce bon sang qui a supporté l'Espagne et la Russie, et en trois jours j'étais acclimaté, si bien que ma mère, quand elle vint me voir aux vacances de la Toussaint, me trouva grandi et forci. Je me vois encore, assis auprès d'elle dans la chambre d'hôtel où elle était descendue. — « Mon « pauvre enfant... » et elle m'embrassait. « Tu n'es pas trop malheureux ? — « Non, « maman. » — « Tout le monde a été bon « pour toi ? » — « Oui, maman... » — Et elle me décrit alors la rue de Neuilly où elle s'est installée. Elle me raconte l'appartement par le menu, et leurs habitudes, et qu'elles n'ont plus qu'une bonne, et qu'il lui faut penser à mettre de l'argent de côté pour ma sœur, si elle-même venait à manquer... Toutes ces choses me touchaient, celles du moins que je pouvais comprendre ; mais je dois avouer à ma honte que j'étais beaucoup plus préoccupé de lui poser une certaine question. — Vous devinez laquelle ? J'avais écrit à Lucie. Elle m'avait répondu, une fois. Puis j'avais récrit, et pas de réponse. Pas de réponse ! Et c'est justement de Lucie que je voulais demander des nouvelles à ma mère. Le croiriez-vous ? Avec ce coffre-là, » — et il fit : « hum, hum ! » fortement, — « avec cette figure, » — et il tourna vers moi son mufle léonin, « j'ai toujours été timide pour ce qui me tenait au cœur. Ce fut le second jour seulement que j'osai dire à ma pauvre mère : — « Et Lucie ?... » avec le pourpre de la honte sur mon visage. Ma mère, grâce au ciel, n'y prit pas garde. Elle avait d'autres soucis en tête : « Lucie ? » fit-elle, « nous ne l'avons guère vue ces derniers « temps. Je pense qu'elle va bien. Nous « avons été si occupées de notre installa-

« tion... » Et ce fut tout. Ma mère partit. Je demeurai seul de nouveau dans le vieux lycée. J'écrivis une autre fois en core, puis une autre fois. Toujours pas de

réponse. Je me cassais la tête à m'expliquer ce silence, à l'abri de mes dictionnaires, durant l'étude du soir, et plus prosaïquement je cassais d'innombrables lames de canif à graver dans le bois de mon pupitre un L. digne d'elle, car je continuais de l'aimer aussi naïvement que j'ai vu depuis des conscrits aimer leur promise. Paysans et enfants, ça se ressemble, et ça ressemble aux bœufs, ça rumine, rumine, rumine, sans trop le savoir. Ce qui ajoutait encore à ma secrète exaltation, c'était la lecture assidue, le dimanche soir, et la semaine finie, des mauvais romans de Gustave Aymard. Je me voyais partant avec Lucie pour les pampas, la nourrissant de ma chasse, un tas de sornettes qui ne sont pas beaucoup plus absurdes que celles dont vous gratifiez les amoureux de vos livres, et les miennes avaient pour excuse d'être doublées d'un sentiment sincère. J'étais de bonne foi dans ma folie enfantine. Combien d'hommes peuvent en dire autant ?... Il était convenu que je viendrais à Paris pour le 1er janvier, et le 28 décembre 1848, — 1848, 1888, c'est une étape, et c'est hier pour moi, — je me trouvais en fiacre vers cinq heures du soir, par un temps comme celui-ci, assis sur la banquette en face de ma mère et de ma sœur, et si content de me sentir entre ces deux tendresses ! J'embrassais l'une. J'embrassais l'autre. Je riais. J'avais des larmes aux yeux. Je leur disais que je les aimais et que j'avais été premier en thème, que le pion était méchant et que nous serions bien heureux de dîner ensemble tous les trois. Enfin de ces incohérents discours où s'épanche la joie nerveuse des enfants. La mienne, hélas ! tomba vite, rien qu'à passer le seuil du logement où vivait ma mère. Quand j'étais parti pour Tours, elle habitait encore notre hôtel, provisoirement. Ce fut là, dans ces étroites pièces, que j'eus pour la première fois, par le contraste, l'impression vraie que nous étions ruinés. Les quelques meubles que ma mère avait sauvés du naufrage juraient cruellement par leur élégance avec la pauvreté du logis. Son portrait en pied et celui de mon père, qui décoraient autrefois le panneau de notre grand salon, touchaient presque le tapis maintenant avec la bordure de leur cadre, tant le plafond était abaissé. Plus de valets de pied pour nous recevoir, mais une bonne à tout faire, qui s'agenouilla devant la cheminée pour y allumer un feu économique de coke dans une grille. D'un coup d'œil je saisis ces détails et je compris !... Mon cœur se serra bien fort, et davantage lorsque, ayant questionné ma sœur au sujet de Lucie, elle me répondit avec une amertume que je ne lui connaissais pas :

— « Je la vois à peine maintenant, nous ne sommes plus d'assez beau monde pour elle. C'est une sans-cœur. »

« Une sans-cœur ?... Pas d'assez beau monde ?... » Voulez-vous la preuve que, malgré mes quatorze ans, j'étais un vrai amoureux, avec tous les niais espoirs qui luttent contre l'évidence ? Ce que venait de me dire ma sœur s'accordait trop bien avec le silence de Lucie. J'aurais dû deviner, pressentir au moins que c'en était fini de ce petit roman d'enfance, mon

premier et, ma foi, mon dernier. Depuis je n'ai plus eu le temps ni le goût de faire l'Hercule aux pieds d'Omphale, comme vous dites, vous autres... Hé bien! non!

Je ne pus pas admettre cette fin-là, et le lendemain de mon arrivée je m'acheminais vers la maison de Lucie, un hôtel, rue Chaptal, aussi beau qu'avait été le nôtre. J'arrive. Je sonne. La porte tourne dans le vestibule. Je vois des amas de pardessus. J'entends de la musique. Sans réfléchir je passe dans le salon que m'ouvre le domestique, et je me trouve au milieu d'un petit bal costumé où polkaient, valsaient, quadrillaient, gais comme ceux de tout à l'heure, une cinquantaine d'enfants de mon âge. Les étoffes brillaient, les rires éclataient, les petits pieds tournaient, le piano chantait, et moi, ahuri comme un oiseau de nuit subitement jeté dans une volière d'oiseaux de jour, j'entends la mère de Lucie me dire avec la réelle bonté qu'elle eut toujours, allez donc croire à vos sottises sur l'hérédité, après cela : — « Que « tu arrives bien ! Mais tu vas danser avec

« les autres et rester à goûter... Lu-
« cie!... » — Et elle appela sa fille qui,

déguisée en bergère, avait pour danseur, je m'en souviens comme de ma première bataille, un petit torero, avec un taureau en baudruche sous son bras resté libre.

Lucie s'approche, elle me voit. J'ai eu quelques sensations dures dans ma vie, j'en porte la trace, » — il met l'index sur la cicatrice qui balafre son visage, — « mais le salut de celle que j'avais l'habitude d'appeler en moi-même ma petite femme, mais le regard de ses yeux bleus, mais sa manière de me donner le bout des doigts et de se sauver tout de suite pour continuer sa danse, ce fut quelque chose de si imprévu, de si contraire à tous mes rêves, de si dédaigneux aussi, que je demeurai cloué sur place, tandis que la maîtresse de maison, croyant m'avoir confié à des mains amies, s'occupait à d'autres soins pour ses invités. Il y avait bien parmi ces visages des figures d'anciens camarades, dont quelques-uns me reconnurent et me dirent bonjour, avec cette indifférence des enfants entraînés par le plaisir. Que m'importait d'ailleurs? Assommé par l'accueil de Lucie, et affolé

de timidité, je voulais pourtant essayer de lui parler. Comme elle dansait toujours du même côté, j'arrivai à me glisser jusque-là, non sans heurter nombre de chaises et sans marcher sur nombre de pieds. Enfin, me voici dans un angle de fenêtre, perdu entre deux hommes qui se tenaient debout, comme vous et moi, tout à l'heure, et à une longueur de bras de Lucie qui bavardait en s'éventant. Je l'écoute. Elle cause de ceci, de cela, avec le torero. Ah ! que j'aurais aimé le tenir dans la cour de mon lycée, au bout de mes poings ! Et en une minute, voici exactement ce que j'entends : — « Quel « est donc ce vilain petit collégien avec « qui votre mère parlait tout à l'heure ? » — Je vois un peu de feu sur les joues de Lucie. Elle rougit de moi et elle dit d'un air gauche : « Je crois que c'est un petit « Garnier. » — « Quelle touche ! » fait le torero, et Lucie de rire et de répéter : —

« Oui, quelle touche ! » — En ce moment les messieurs se déplacent, je me regarde dans une glace qui est juste en face de moi, de l'autre côté de la chambre, et je me vois avec ma tête tondue, mes grandes oreilles écartées de cette tête, mon menton coupé par le col de satin noir que nous portions militairement, mon corps boudiné dans ma tunique, et cet air potache, où il y a un peu de tout, de l'enfant de troupe et du poulain trop haut sur pattes, du déluré et de l'hébété. Je me trouve si laid que ma rage contre mon ancienne amie se noie dans un sentiment de honte. Si je reste là, je sens que je vais pleurer et crier. Et je m'échappe en bousculant de nouveau chaises et gens, la figure rouge comme le liséré de ma tunique, et quand je suis dans la rue, je me mets à sangloter. Je n'aurais su dire au juste si ce que je sentais était de l'indignation, de la jalousie, de la vanité blessée, ou tout simplement de l'amour trahi. Toujours est-il que, mes sanglots une fois rentrés, et tout en reprenant le chemin de l'humble logis où du moins j'avais de vrais cœurs à moi, je fus arrêté sur le bord d'un trottoir par un flot de peuple qui regardait passer un escadron de lanciers en train de revenir d'une corvée officielle. J'eus la bonne chance d'être poussé contre un banc sur lequel je me hissai et d'où je pus voir défiler ces superbes soldats. Vous vous les rappelez ? Je voyais leur shapska avec son plumet rouge, leur lance avec son guidon, les têtes et les croupes de leurs montures : — « Comme ils sont « beaux ! » dit avec extase à côté de moi une petite fille du peuple. Est-ce étrange, cela ? C'est à cette même place, et en entendant ce cri d'admiration de cette gamine des rues, presque aussitôt après avoir entendu la phrase de dédain à mon égard, prononcée par la petite fille riche ; oui, c'est à cette place que j'eus pour la première

fois l'idée de porter, moi aussi, un uniforme comme celui-là, et d'entendre dire : « Comme il est beau ! » sur mon passage. Ai-je besoin de vous avouer que j'y mêlais la plus extravagante espérance de reconquérir le cœur de Lucie ? — Cette espérance disparut bien vite, mais le grain qui était tombé dans mon cœur, par cette après-midi de décembre, a levé, et vous savez la moisson... Comprenez-vous pourquoi je regardais caqueter la petite Nadia avec tant d'intérêt tout à l'heure, et pourquoi je vous disais : — Il n'y a pas d'enfantillages ? »

Nous étions devant sa porte. Je le quittai, la tête remplie de la seule histoire sentimentale que je doive jamais l'entendre conter. En remontant les Champs-Élysées et dans le soir tout à fait venu, je me souvenais de ce que Mérimée disait de lui-même, que le premier germe de la défiance et du scepticisme avait été jeté dans son cœur par un persiflage de sa mère, surpris derrière une porte ; et, pensant à cette espèce de poussière de sensations qui voltige autour des âmes d'enfant, à ces mille grains invisibles qui peuvent lever, pour le bien ou le mal, — comme avait dit le général, — je pensai aussi que c'est une chose bien grave que d'avoir des fils et des filles, et que beaucoup la prennent, cette chose bien grave, bien légèrement.

Venise, mai 1888.

III

ALINE

III

ALINE

AUTRE RÉCIT DE NOËL

QUOIQUE j'aie à peine atteint cet âge dont parle si mélancoliquement le poète,

Nel mezzo del cammin di nostra vita...

je compte déjà presque autant d'amis sous terre que sur terre, et, à de certains moments de l'année, lorsque c'est fête sur les calendriers et dans les rues, aux foyers des familles et dans les yeux des enfants, il m'arrive de me souvenir de ceux pour qui ce ne sera plus jamais fête, avec une tendresse singulière, — avec bien du regret aussi quelquefois. Comment penser aux morts sans le repentir de ne pas les avoir assez aimés lorsqu'ils vivaient ? Que de visages m'apparaissent dans ces heures-là ! Ceux-ci fatigués, vieillis, travaillés par le temps ; d'autres tout jeunes, avec la fraîcheur de la grâce adolescente. Hélas ! il n'y a plus ni jeunesse, ni vieillesse dans l'ombre éternelle où ils se sont tous également évanouis. Puis, comme le visiteur d'un musée, après avoir erré parmi les tableaux, finit par se fixer sur une toile qu'il contemple seule, je finis, moi, par choisir entre ces fantômes une forme et un souvenir auquel je m'attache. Cette forme se fait presque palpable, ce souvenir se précise jusqu'à remuer mon cœur d'un battement plus rapide. La pourpre du sang colore à nouveau des joues à jamais décomposées. Des prunelles qui ont cessé de voir depuis bien longtemps, s'éclairent et regardent. Des lèvres se déploient et tremblent. Elles vont sourire. Elles vont parler... Voici des mains, des épaules, une silhouette, une respiration, une âme. C'est une demi-hallucination si forte que je redoute ces crises de mémoire à cause des rêves inévitables qui hantent le sommeil de la nuit suivante. Mais qui ne les a connus au lendemain d'un enterrement, ces cauchemars obscurs, si étrangement mêlés de délice et de terreur, où l'on voit les morts avec cette double sensation qu'ils sont bien là, réellemeut, devant nos yeux, — et qu'ils sont des morts ? On cause avec eux, on les presse contre sa poitrine, on erre en leur compagnie dans le décor de l'existence quotidienne ; et on se rappelle en même temps le détail de leur convoi funèbre que l'on a suivi, que l'on a conduit quelquefois, sans comprendre comment ils sont ici, quand nous savons qu'ils sont *là-bas*.

J'ignore si tous les hommes sont également les victimes de ce reflux douloureux du passé sur le présent. Il faut croire que non, puisque tant de vieilles gens survivent avec tant de gaieté à tous leurs compagnons. Ma destinée a voulu que je visse, moi, tout enfant, s'en aller des êtres bien chers, et j'ai trop continué de les aimer, même alors. J'ai eu ainsi, dès cette époque où chaque journée nouvelle semble une vie nouvelle, des anniversaires trop nombreux. Et, pour n'en prendre qu'un parmi tant d'autres, dès ma dixième année, ce jour de Noël, si rempli de gaieté pour les autres petits garçons, m'a représenté le plus mélancolique des souvenirs, celui d'une enfant de mon âge qui mourut deux jours avant cette fête, et qui avait été ma première amie. Encore aujourd'hui, que cette mort date de plus d'un quart de siècle, et que j'ai d'autres croix auxquelles pendre d'autres couronnes dans le cimetière des affections éteintes, je ne saurais doubler ce tournant d'année sans revoir Aline, — c'était le nom de la petite morte, — et la vieille maison de province où nous habitions alors, elle au troisième étage et moi au second, et le jardin de cette maison, et le cirque de montagnes volcaniques qui s'aperçoit à l'horizon de toutes les rues. Je revois la couleur presque noire de la lave dont la ville est bâtie, les rues étroites avec leur cailloutis sur lequel sonnait le bois des galoches quand les paysans venaient au marché, la cathédrale inachevée qui dominait cette sombre ville, et d'autres détails : au rez-de-chaussée de notre maison, un boulanger qui cuisait des échaudés au beurre en forme de trèfle, un maréchal chez qui des bras nus battaient le fer rouge dans un tourbillon d'étincelles ; devant les fenêtres, la place où se dresse la statue d'un général de la première république, sabrant

l'ennemi, et mon amie Aline en robe de deuil, — elle venait de perdre sa mère quand son père s'établit au-dessus de nous, — et autour d'elle le cadre du jardin qui fut l'asile de nos plus beaux jeux.

Il appartenait, ce jardin, à la propriétaire, une vieille dame très pieuse et malade, qui n'y descendait jamais. Nous apercevions son profil, ennobli par deux longues anglaises blanches et coiffé d'un bonnet à rubans clairs, derrière la croisée du premier étage. Un des carreaux de cette fenêtre était d'un verre plus glauque, différence de nuance qui donnait un air plus vieilli encore à ce visage toujours penché sur un livre de prières ou sur un travail de crochet destiné aux pauvres. Par delà le mur du jardin, qui était borné par d'autres, les montagnes dressaient leurs cônes tronqués ou leurs ballons renflés, et des silhouettes de châteaux-forts ruinés s'es-

II

quissaient sur leurs crêtes. Je le dessinerais à une allée près, ce jardin, avec ses bordures de buis, ses groseilliers que l'on empaillait à l'automne, ses poiriers ouverts comme des mains le long des murailles. Rien qu'à y songer, je retrouve l'arome du seringa du fond, sous lequel Aline s'assit une des dernières après-midi où elle put sortir, toussant fébrilement, et pâle comme les fleurs de l'arbuste. Il y avait aussi des files de rosiers dressés sur leurs minces bâtons, et, dans la saison, sur ces rosiers, de si magnifiques roses au cœur pourpré, d'autres au cœur mi-clos que j'arrachais avant l'heure pour ouvrir de mes doigts curieux les pétales encore repliés. « Ah ! méchant Claude, » me disait Aline, « tu les as tuées tout de suite. » Des papillons comme ceux qui voletaient parmi ces fleurs, il me semble n'en avoir plus revu, quoique ce ne fussent que des Vulcains bariolés, des Citrons couleur de soufre, des Machaons aux ailes garnies d'un éperon, des Paons de jour ocellés de bleu. Je les poursuivais avec un acharnement de chasseur; mais Aline ne me permettait pas de les piquer, comme c'était mon rêve, et quand je lui apportais un de ces frêles insectes, elle le prenait entre ses doigts pour admirer la délicatesse des teintes, puis elle ouvrait sa main et le regardait s'échapper de son vol inégal et tournoyant. C'étaient là nos joies de l'été, mais nous adorions aussi le jardin, l'hiver, lorsque la neige effaçait les formes des allées, que sur les murs et sur les branches la gelée de la nuit aiguisait de véritables poignards de glace, et que nous recommencions notre grand projet, à jamais irréalisable, de construire dans cette neige une vraie maison pour nous abriter tous les trois, Aline, moi, et, faut-il l'avouer? une grande poupée qu'elle avait et qu'elle appelait tour à tour « Marie » et « Notre fille, » une merveilleuse poupée aux yeux bleus entre de vrais cils, aux joues roses, aux cheveux de soie blonde, aux jambes et aux bras articulés, enfin un incomparable joujou qui m'aurait été une cause de honte éternelle si mes camarades du lycée, — j'y allais déjà, — avaient pu soupçonner son existence. Mais quand Aline était là, que ne m'aurait-elle pas fait faire, tant je l'aimais, cette sœur de hasard que m'avait donné le voisinage ?

Le charme d'Aline résidait dans une espèce de douceur sérieuse qui faisait d'elle une enfant très différente de toutes celles que j'ai connues depuis lors. Elle était petite, délicate, comme fragile, et, je l'ai dit, trop pâle, ce qui serrait le cœur quand on songeait que sa mère était morte d'une maladie de poitrine. Dès cette époque, elle avait la gravité précoce des créatures jeunes qui ne doivent pas vivre, avec ce rien d'achevé déjà, de trop accompli, qui les distingue. La mesure que cette petite fille de neuf ans apportait à ses moindres actions, la modestie de ses gestes, l'ordre soigneux des objets autour d'elle, une involontaire antipathie qu'elle éprouvait pour les jeux bruyants, l'irréprochable sagesse de sa conduite, la visible sensibilité de son être intime, — autant de qualités qui auraient dû, semble-t-il, la rendre odieuse à un garçon comme j'étais, fougueux et dégingandé, désobéissant et brutal. Ce fut pourtant l'effet contraire qui se produisit, et du jour où je commençai d'être son ami, elle acquit sur moi une influence d'autant plus irrésistible que j'y cédais comme par instinct. Aujourd'hui que j'essaie de reconstruire mon âme d'enfant par delà les années, je reconnais que cette innocente fillette, dont les pieds légers descendaient sans bruit les marches de pierre dans l'escalier de la vieille maison, éveilla la première en moi ce culte du doux esprit féminin que les plus cruelles expériences n'arrachent jamais tout à fait d'un cœur. Avec mes autres camarades, il n'était point de gamineries dont je ne fusse capable, et j'avais dû être sévèrement puni pour avoir, à diverses reprises, trompé la surveillance de ma bonne dans le but d'accomplir un certain nombre d'exploits réservés aux pires vagabonds de la ville : monter debout sur le rebord de la fontaine qui décore la place de la Poterne et boire l'eau à même la gueule de lion en cuivre ; m'asseoir à califourchon sur la rampe en fer du grand escalier qui joint le boulevard de l'Hôpital à une ruelle construite en soubassement et me laisser glisser jusqu'en bas. Naturellement j'étais tombé dans la fontaine et j'avais dégringolé le long de l'escalier. J'avais été mouillé, déchiré, écorché, puis fortement puni... Hé bien ! je ne me retrouvais pas plus tôt auprès d'Aline, durant les après-midi des jeudis et des dimanches où il nous était permis de jouer ensemble, qu'une personne nouvelle s'éveillait dans le garçonnet à demi sauvage. — Je cessais de crier, de sauter, de gesticuler, par crainte de déplaire à cette fée en miniature, dont les doigts fins n'avaient jamais une tache, les vêtements jamais un accroc. On me la proposait pour modèle et je ne me révoltais pas là contre. Je lui obéissais aussi naturellement que je désobéissais aux autres. J'acceptais ses jeux au lieu de lui proposer les miens. J'admirais tout d'elle, depuis la finesse de ses cheveux blonds et la douceur de sa voix jusqu'aux signes les plus petits de sa raison : — par exemple, le soin qu'elle avait de garder sans y toucher l'arbre de buis garni de gâteaux que l'on nous donnait au matin des Rameaux. Mon arbre à moi était pillé dès le soir. Le sien durait tard encore dans l'automne. Il est vrai qu'ayant voulu faire un jour la dînette avec un de ces gâteaux ainsi conservés, nous dûmes le broyer avec une pierre, tant il était sec. Jamais les miens ne m'avaient fait un tel plaisir.

Lorsque nous ne jouions pas dans le grand jardin, — et durant la dernière année, nous ne pûmes guère y descendre, parce que ma petite amie était trop faible, — notre endroit de prédilection était sa chambre à elle, une pièce étroite, avec une seule fenêtre qui ouvrait sur la place et d'où nous pouvions voir très distinctement les plumes dont s'ornait le chapeau du général de bronze juché sur son socle de canons et de boulets. Ai-je dit qu'Aline vivait seule avec son père et une bonne, une payse de la mienne, qui s'appelait Miette ? Le père occupait une modeste place à la préfecture. Mais la famille avait dû connaître des jours plus fortunés, car l'appartement était rempli de meubles aux formes démodées qui attestaient d'anciennes élégances, et tout tendu de vieux tapis qui étouffaient le bruit des pas. Pour que cette impression de jadis fût plus complète, il arrivait qu'Aline et moi nous étalions, sur ce tapis aux nuances passées, les divers jouets qui lui venaient de sa mère. Sans doute cette malheureuse femme avait été une enfant aussi soigneuse que sa fille, car elle avait dû jouer elle-même avec les jouets que nous passons ainsi en revue. Presque tous gardaient une physionomie d'un autre temps, un délicieux air de choses fragiles et un peu fanées. Nous aimions surtout une suite de personnages en carton colorié, qui se tenaient debout grâce à un mince morceau de bois collé à leurs pieds et qui représentaient dans un décor approprié les habitants d'un village ; mais c'était un village où les paysans portaient des costumes de bergers et de bergères de l'ancien régime. Nous les comparions, nous, avec un intérêt jamais épuisé, aux *brayauds* et aux *brayaudes* qui venaient vendre leurs pommes de terre et leurs poulets, leurs poires et leurs raisins, suivant la saison, sur la grande place, le jour du marché. Nous aimions aussi de petits livres, des almanachs d'années lointaines, serrés dans des reliures et des gaines d'une soie décolorée, et d'autres livres à images où nous nous hébétions à regarder des petits garçons en chapeau de

haute forme, drapés d'un habit à collet monumental, et des petites filles en fourreaux, coiffées de cheveux à la Prud'hon. C'étaient encore d'anciens ménages, aux porcelaines délavées par le temps; des lanternes magiques dans les verres desquelles nous distinguions les uniformes des soldats de l'Empereur. La mère morte de ma petite amie revivait dans un tableau pendu au mur où elle était représentée dans une scène de famille, d'après le goût ancien, toute petite et serrant la tête d'un mouton. Les rideaux baissés atténuaient la lumière. Le feu brûlait à petit bruit. Il n'y avait pas d'autre horloge dans cette chambre que les rais du soleil, qui, par la fenêtre, glissaient en faisant danser une poussière d'atomes, et qui tournaient, tournaient avec la fuite du jour. Sur la cheminée une maisonnette barométrique laissait tour à tour sortir et entrer un capucin et une religieuse, et j'aurais été parfaitement heureux si je n'avais surpris des larmes dans les yeux du père d'Aline, lorsque par hasard il venait regarder notre jeu et que ma compagne toussait de cette toux déchirante qui m'avait déjà inquiété vaguement, pour la première fois, sous le seringa.

A m'étaler ainsi le musée de ses jouets vieillots, Aline déployait une sorte de grâce pieuse, tournant les feuillets des livres avec les délicatesses d'un souffle, rabattant le papier de soie sur les gravures, sans un pli, et plus fée que jamais auprès du lourdaud que je me sentais devenir davantage à chacun de ses gestes menus.

Mais nous n'aurions pas été des enfants, si la puérilité ne s'était mêlée à la poésie de ces jeux ; et cette puérilité était représentée par la poupée dont j'ai parlé. Cette fille occupait dans les rêveries d'Aline une place telle que j'avais fini, moi aussi, par considérer « Marie » comme une personne de chair et d'os, et par me prêter de bonne foi à cette comédie que tous les enfants de tous les temps ont improvisée, improvisent et improviseront pour la grande joie de leur fantaisie. Quand Aline commençait de me parler de « Marie, » en me disant : « Marie a fait ceci... Marie fera cela... Marie aime telle toilette, elle n'aime pas telle autre..., » ces propos me paraissaient tout naturels, et j'aidais aux goûters de cette poupée miraculeuse. Je préparais la table pour elle, dans l'angle, au coin de la cheminée, que nous lui avions choisi pour chambre. Des meubles minuscules et beaucoup trop petits pour cette grande fille paraient cette chambre imaginaire. C'étaient les vieux meubles qui avaient été donnés autre fois à la mère d'Aline, avec une poupée toute petite sans doute, si bien que la nôtre prenait, au milieu d'eux, des allures de jeune géante. « Marie » ne possédait qu'un fauteuil à sa mesure que j'avais acheté pour elle et dans lequel Aline l'asseyait en

visite, sans que nous fussions étonnés que ce fauteuil occupât deux fois la place du lit. La stupidité d'un sourire éternel s'épanouissait sur sa bouche de porcelaine. Elle était là dans ce fauteuil, les mains dans son manchon, une toque de velours sur ses cheveux, immobile, et Aline, après l'avoir contemplée, ne manquait jamais de me dire :

— « N'est-ce pas, qu'elle est belle ? On croirait qu'elle va parler... »

D'autres fois, c'étaient des phrases étrangement profondes que prononçaient ces lèvres fines qui venaient de parler de « Marie » ou à « Marie, » — de ces phrases comme on n'admet pas que les enfants puissent en dire, sans doute parce que le contraste est trop fort entre la niaiserie habituelle de leurs divertissements et la tristesse de certaines réflexions. Ainsi, à propos d'un oiseau que j'avais perdu, je me rappelle qu'un jour, dans cette même chambre et parmi ces mêmes objets, nous en vînmes à parler de la mort, et qu'elle me demanda :

— « Est-ce que tu aurais peur de mourir ? »

— « Je ne sais pas, » lui répondis-je.

— « Ah ! » dit-elle, « c'est si ennuyeux, la vie !... C'est toujours la même chose. on se lève, on s'habille, on mange, on joue, on se couche, et puis c'est toujours à recommencer... Mais quand on est mort?... »

— « Quand on est mort, on est un squelette, » lui dis-je, finissant la phrase sur laquelle elle restait pensive.

— « Non, » dit-elle, « on voit maman et les anges. »

Je livre ces mots, avec ce qu'ils renferment de lassitude prématurée et de naïveté, aux philosophes qui s'occupent de la psychologie de l'enfant. Ils n'ont que le mérite d'être authentiques. Pour moi, j'ai dès longtemps renoncé à comprendre ce mystère entre les mystères, l'éclosion d'une intelligence et d'un cœur. A quelle minute commence en nous la souffrance de penser? A quelle seconde le mal d'aimer? L'âme de la femme et celle de l'homme ne sont-elles pas tout entières

déjà dans l'étonnement que l'inexplicable séparation d'avec sa mère morte inflige à une petite orpheline, dans la tendresse passionnée qu'inspire à un garçon de dix ans la délicatesse souffrante de sa compagne de jeux ? Délicate et souffrante, ah ! ma pauvre Aline l'était bien plus que ne le prévoyait ma sympathie obscure d'ami ; et il vint un temps, c'était le commencement de l'hiver de mes dix ans, où il ne me fut plus permis de jouer avec elle, pour ne pas la fatiguer, — une semaine où elle ne sortit plus de son lit, — et un jour, la veille de Noël, où j'entrai en pleurant dans cette chambre qui m'avait été si douce, pour y voir Aline une dernière fois ; et elle était morte, couchée dans un lit, qu'un crucifix protégeait, aussi complètement immobile que la poupée restée sans doute auprès d'elle par une dernière fantaisie de malade, et qui la regardait, assise sur sa grande chaise,

tout au pied de ce lit. Seulement les yeux bleus de « Marie, » ces yeux de verre si gais entre leurs cils noirs, continuaient de s'ouvrir et de briller, au lieu que les yeux bleus, avec leur azur aimant, étaient fermés pour toujours. Les joues de « Marie, » ces joues de porcelaine peinte du plus clair vermillon, sa bouche de rose, conservaient leur éclat de jeunesse, tandis que la pâleur de cire des joues si minces d'Aline et la lividité violette de sa bouche faisaient mal à regarder. Comment ai-je remarqué ce contraste à cette heure même où d'être là me tirait des larmes bien vraies? Il semble que les enfants aient une activité si vive de leurs sens que ces sens fonctionnent presque tout seuls, même quand leur âme est occupée par le plus sincère chagrin. Oui, je me souviens d'avoir vu cela du même coup d'œil : mon amie morte, la poupée auprès, et plus loin, écroulé sur un fauteuil, le père d'Aline, et le geste par lequel cet homme serrait sa main gauche de sa main droite, et la ligne d'un tricot brun sur son poignet. Il flottait dans la chambre une odeur douce de lilas blanc. C'était la vieille dame d'en bas, celle dont le profil et les anglaises nous fascinaient, Aline et moi, qui avait envoyé ces fleurs, si rares dans notre ville, et que je n'avais jamais respirées. Et quand je fus demeuré quelques minutes immobile moi-même, comme stupéfié par ce spectacle, Miette qui m'avait introduit, me prit par la main et me dit :

— « Va lui dire adieu. »

Je marchai jusqu'au petit lit, je me haussai sur les pieds. Alors, dans le parfum des lilas, je sentis à la fois sur mes lèvres le froid de la joue de la petite morte, et contre ma joue la caresse souple, comme vivante, des boucles de ses cheveux que j'avais effleurés en me penchant, et dans mon cœur une inexprimable tristesse.

Les mois passèrent, et mes parents continuèrent d'habiter la vieille maison dans la vieille ville. Seulement, on crut devoir me mettre comme pensionnaire au lycée, sans doute parce que, depuis la disparition d'Aline et de son assagissante influence, j'étais devenu un jeune animal indomptable. Je sortais une fois le mois, quand je n'avais pas été trop indiscipliné ; mais deux fois la semaine, le jeudi et le dimanche, nous allions en promenade, et, deux par deux, nous traversions la ville sans parler, — tels étaient les règlements des collèges d'alors. — Il m'arrivait très souvent, quand nous défilions sur le boulevard qui longe la préfecture, de rencontrer le père d'Aline qui s'en revenait de son bureau ou qui s'y rendait. Il marchait, vêtu de noir, un peu courbé quoiqu'il n'eût pas quarante ans, tenant à la main une canne, un jonc à pomme d'ivoire que je connaissais si bien. Il ne manquait jamais de me chercher dans la file des collégiens en tunique sombre, et de me saluer avec un sourire très triste et très doux. De mon côté, je ne manquais jamais, les jours de sortie, de monter jusque chez lui. Miette venait m'ouvrir et me faisait entrer, après des compliments sur ma mine et ma taille, dans une sorte de salon-bureau où le veuf se trouvait, et qui communiquait par une porte avec la chambre de ma petite amie. Un jour que cette porte était ouverte, je ne sus pas me retenir d'y jeter un regard futif, et le père, qui surprit ce regard, me dit simplement :

— « Veux-tu revoir sa chambre ? »

Nous y entrâmes. C'était en été. Le père ouvrit les volets fermés, et le soleil inonda de sa lumière la chambre de la morte. Elle enveloppa, cette gaie lumière, et le tapis râpé sur lequel nous avions tant joué, et le lit maintenant tendu de serge verte, où je l'avais vue si pâle, si tristement immobile, et le placard où dormaient les habitants du village, et « Marie, » la poupée, assise dans son fauteuil sur la commode, ses yeux bleus toujours ouverts, sa bouche toujours souriante et dans sa toilette de visite.

— « Tu te rappelles comme Aline aimait cette poupée ? » me dit le père en la prenant et me la montrant. « Croirais-tu qu'elle m'avait demandé de la mettre dans ses bras quand elle serait morte, pour l'emporter au ciel et la montrer à sa maman. Miette voulait l'enterrer avec... Moi, je n'ai pas pu me séparer d'un seul des objets qu'elle a aimés... »

Des mois passèrent encore, beaucoup de mois. C'était le troisième Noël depuis celui où Aline était morte, et bien des changements s'étaient accomplis. J'étais, moi, un garçon de treize ans, qui avait déjà fumé sa première cigarette, — un jeudi de congé, dans ce jardin autrefois tant aimé par Aline, pas loin de cette ligne de rosiers où je lui cherchais de ces jolis insectes verts à reflets bruns, des cétoines dorées qui dorment au creux des belles roses. La vieille dame aux longues anglaises blanches se tenait bien toujours derrière la fenêtre du premier étage, mais la chute d'une échelle ayant troué le vitrage de cette fenêtre, le carreau plus vert que les autres avait disparu. Miette aussi a disparu. Je l'ai vue, une après-midi, à la récréation de quatre heures, arriver sur le perron de la cour du collège. Elle m'a fait demander au parloir, et la brave créature au teint terreux, — de la couleur des noix sèches qu'elle tira de son tablier bleu, — m'a rapporté une nouvelle pour moi monstrueuse. Le père d'Aline se remariait. Il épousait une dame veuve qui avait déjà une petite fille de huit ans. Cette petite fille devait occuper la chambre d'Aline. Miette m'a raconté comment elle a pris congé de son maître quand le mariage a été chose décidée :

— « Monsieur est le maître, que je lui ai dit, mais j'ai trop aimé Madame et Mademoiselle pour en avoir d'autres à leur place... Ça m'est *émagine* que ça porte malheur de peiner les morts... »

Et Miette m'a narré, par la même occasion, l'histoire d'un veuf qui, étant à la veille de prendre une seconde femme, s'était réveillé dans la nuit avant la cérémonie et avait senti sa main serrée par une main toute froide :

— « C'était celle de sa défunte, » a

ajouté Miette, — « il a passé dans l'année... »

Miette est partie pour son village. Le mariage s'est fait. Moi, je n'ai pas eu besoin que ma chère Aline revînt la nuit me serrer la main pour prendre en horreur celle qui la remplaçait ainsi dans notre maison et dans le cœur de son père. C'était trop naturel que ce malheureux homme voulût refaire sa vie. Mais c'était trop naturel aussi qu'un garçon de treize ans ne le comprît pas. Je cessai donc presque absolument mes visites dans l'étage au-dessus du nôtre, et à l'approche de ce Noël qui devait être le troisième anniversaire de la mort d'Aline, je crois bien que je n'avais pas parlé dix fois à la petite Émilie, — ainsi s'appelait la nouvelle venue. Cette pauvre fille, très innocente des haines que je lui vouais, était une grosse et simple enfant qui aurait bien voulu jouer en ma compagnie dans le jardin.

Mais cette seule idée me donnait une sorte de colère contre elle, qui s'augmentait de ce fait que, dès le second mois de son intrusion dans la maison, j'avais vu entre ses bras la propre poupée de mon ancienne amie, cette « Marie » qui avait été sa fille, — notre fille.. Je me rappelle encore l'accès de rage dont je fus saisi lorsque ce spectacle sacrilège frappa mon regard, un jeudi de promenade où je rencontrai le père, la nouvelle femme et la petite fille. Mon Dieu! comme je me rends compte aujourd'hui de la petite scène qui avait dû se passer dans le ménage!... La maman trouve cette poupée dans un placard et la donne pour quelques minutes à sa fille. Le père rentre. Il voit le jouet entre les bras de l'enfant. Son cœur se serre. Il rencontre le regard de sa femme qui épie sur son visage la trace de cette émotion, avec la jalousie que les secondes épouses gardent toujours pour les premières. L'homme n'ose rien dire. Les morts ont une fois de plus tort contre les vivants... Mais moi, qui n'avais rien oublié de mon amie disparue, cette rencontre m'avait inspiré la plus instinctive des haines contre la petite Émilie. J'avais vu autrefois un angora très sauvage que nous avions chez nous, et qui vivait presque toujours sur les toits et dans le jardin, rentrer à l'heure de son repas et se trouver face à face avec un chien reçu par mon père le matin même. Le chat était demeuré sur l'appui de la fenêtre, fixant cet hôte inconnu, n'osant pas affronter l'approche de cette boule de poils noirs, aboyante et turbulente. Pendant quatre jours nous avions pu l'apercevoir ainsi, immobile, ayant dans ses prunelles vertes une stupeur anxieuse. Puis il avait disparu pour ne plus revenir. Une rancune toute pareille et tout animale s'agitait en moi, qui justifierait seul le vilain tour que j'ai joué à cette grosse fille, aussi maladroite, lourde et rustaude qu'Aline était gracieuse et jolie. Mais, non. Ce fut mieux que la malice qui me fit agir, ce fut une piété, presque ridicule dans sa forme et pourtant touchante quand j'y songe, et que je ne peux pas regretter.

Il y avait donc trois ans qu'Aline était morte, mais quoique ce fût l'anniversaire de cette mort, je ne m'en souvenais guère cette après-midi-là. Un tapis de neige couvrait le jardin, et un de mes camarades était venu me rendre visite par cette veille de Noël, pour organiser dans la principale allée une longue glissoire. C'était là notre divertissement favori, et la dureté des hivers de ce pays lui était si propice que nous y excellions. Nous voici donc, sous un ciel très pur, mon camarade et moi, nous élançant l'un derrière l'autre, tantôt tout droits et les pieds unis, tantôt à croupetons et sur un seul pied, une jambe tendue, et tombant, et nous culbutant, et criant, et riant. Il se trouva qu'au plus fort de notre tapage, Émilie rentra de la promenade. Nos exclamations l'attirèrent. Nous la vîmes s'arrêter une minute sous la voûte qui donnait sur le jardin, accompagnée de sa bonne. Elle tenait dans ses bras cette poupée, objet de ma profonde colère contre elle. Je n'aurais pas été le malicieux garnement que j'étais alors, si je n'avais pas redoublé de cris, de rires et de folie en me livrant sous ses yeux à un amusement qu'elle ne pouvait pas partager. L'envie chez la petite fille devint trop forte. Tout d'un coup et sans que sa bonne eût pu la prévenir, elle pose sa poupée contre un des battants de la porte, et elle s'élance. Le pied lui manque sur la neige. Elle tombe. Sa bonne la rattrape. Émilie, toute confuse de sa chute et de son manteau mouillé, se met à sangloter. La bonne la gourmande, et, lui prenant la main, l'entraîne pour changer ses vêtements.

Elles disparaissent, oubliant toutes deux la poupée qui continue de sourire avec sa bouche rouge et ses yeux bleus, le long de la porte cochère, comme autrefois quand Aline la menait là pour lui faire prendre l'air, — comme aussi au pied du lit de la pauvre morte.

Pourquoi l'idée de voler cette poupée qu'Aline avait tant aimée me vint-elle à l'esprit subitement, moi qui, cinq minutes plus tôt, n'avais rien en tête que la folie de la glissade ? Encore une question que je livre aux psychologues de l'enfance. Toujours est-il que d'avoir cette idée et de l'exécuter ne dura certainement pas cinq minutes. Ce fut une de ces tentations, rapides à la fois et irrésistibles, comme je me rappelle en avoir eu quelques-unes dans ma vie d'écolier, le bond subit du sauvage sur son ennemi, ou de l'animal sur sa proie. Je l'accomplis, ce vol, si soudainement conçu, avec la simplicité de ruse que déploient en effet les sauvages et les animaux. Je profitai d'une seconde où mon camarade me tournait le dos et frappait ses galoches contre un tronc d'arbre afin de faire tomber la neige amassée entre le talon et la semelle de bois. Je saisis « Marie » à la place où elle gisait, et, tout en courant pour remonter vers la tête de la glissoire, je la jetai dans un hangar ouvert qui se trouvait là, au risque qu'elle cassât son joli visage de porcelaine sur les bûches amassées. Je la vis dégringoler sur le bois et rouler dans une brouette placée auprès des bûches. J'avais poussé en la lançant un cri si perçant qu'il couvrit le bruit de l'objet cognant les bûches et que mon camarade ne put rien deviner de la coupable action que je venais de commettre. Et nous voici de nouveau nous poursuivant, glissant et gaminant à qui mieux mieux, quand la bonne d'Émilie reparaît sous la voûte de la porte. Elle regarde à droite, elle regarde à gauche. Elle manifeste son étonnement, regarde à gauche, regarde à droite, puis sous la voûte même, puis dans le jardin.

— « Vous n'avez pas vu la poupée de Mlle Émilie ? » demande-t-elle.

J'eus cette chance qu'elle s'adressât à mon camarade, qui lui répondit avec cette bonne foi d'innocence si difficile à simuler pour certains enfants :

— « Une poupée ? Mais non. »

— « Elle m'a dit qu'elle l'avait posée là quand elle a voulu glisser, » fit la bonne.

— « Ce n'est pas possible, » répondit l'autre ; « nous n'avons pas quitté cette place une minute, n'est-ce pas ? » insista-t-il en s'adressant à moi.

— « Pas une minute, » répliquai-je en m'approchant. Je devais être bien rouge, mais l'air était si vif et nous avions tant couru !

— « Voilà qui est bien extraordinaire, » reprit la bonne, « où peut-elle l'avoir laissée ?... Ah ! elle va en recevoir un galop... »

Je n'étais pourtant pas méchant, mais l'idée qu'Émilie, outre le chagrin d'avoir perdu sa poupée, subirait une verte semonce, bien loin de me donner le moindre remords, me combla de la joie la plus délicieuse. Cette joie eût été entière, si, aussitôt rentré dans l'appartement, je n'avais été obligé de me demander ce que j'allais faire pour empêcher qu'on ne retrouvât jamais « Marie. » Cette préoccupation dura tout le soir et toute la nuit. Ni l'oie aux marrons traditionnellement servie sur la table, ni l'arbre de Noël préparé chez le camarade qui était venu jouer dans l'après-midi, ni le cadeau que j'y reçus, ni le retour tardif par les rues de la ville, blanches, sous la lune, d'une féerique blancheur de neige, ni le projet arrêté d'une partie, le lendemain, du côté d'un étang gelé où nous espérions patiner; rien, en un mot, ne parvint à me distraire de cette pensée fixe : « Pourvu que la poupée n'ait pas été découverte ce soir! Pourvu qu'elle ne le soit pas demain matin!... » Surtout couché dans mon lit, ce souci devint cuisant jusqu'à la douleur. Les violentes sensations de répugnance que m'avait données le second mariage du père d'Aline se mirent à revivre, mêlées aux sentiments tendres qui me venaient pour elle. La chambre aujourd'hui profanée par la présence de l'intruse se représenta devant mes yeux, telle que je l'avais connue. L'espèce d'hallucination, dont je parlais en commençant ce récit de ma plus lointaine amitié d'enfance, se reproduisit avec une force extraordinaire... Ma petite amie reparut, avec ses sourires, ses pâleurs, ses gestes frêles, et tous les vieux objets dont elle était comme la vigilante et douce gardienne. Dans le même éclair d'impression, je vis l'autre s'emparant du lit où Aline avait rendu l'âme, maniant de ses vilains doigts malpropres les reliures de soie passée, salissant de ses souliers aux talons tournés, — j'avais remarqué d'elle même cela, — le tapis sur lequel nous disposions les friandises de nos dînettes, — volant Aline, car, pour mon cœur d'enfant, c'était un vol que cette possession des jouets de ma petite morte. Morte ! Je me répétais ce mot machinalement et je voyais la tombe, autrefois parée de si fraîches fleurs, maintenant à peine soignée, que j'avais visitée le premier novembre de cette même année, avec l'ange de plâtre agenouillé que l'on ne nettoyait plus et à qui manquaient les mains. J'étais trop croyant à cette époque pour n'être pas certain que la disparue habitait au ciel, comme elle l'avait dit, avec sa mère et d'autres anges, de vrais, ceux-là, qui portaient des lis dans des doigts imbrisables et faits de pure lumière. Pourtant mon imagination se figurait le pauvre petit corps, couché dans la terre, tel que je lui avais dit adieu dans la chambre parfumée de lilas blanc. Une horrible impression de solitude me poignait l'âme. Je me souvenais du vœu que l'enfant avait formulé, de ce désir d'emporter « sa fille » avec elle, là-bas. Ah ! comme j'aurais voulu aller au cimetière avec la poupée que j'avais reprise, donner de l'argent au fossoyeur, et que « Marie » reposât auprès d'Aline, — pour toujours !

... Le lendemain matin, vers les dix heures, si quelqu'un était venu dans le jardin désert et dans le coin le plus reculé, il aurait vu, au pied du seringa, maintenant desséché et nu, un jeune garçon en tunique de collégien creuser la terre hâtivement avec une bêche. Une voûte de brouillard pesait sur la ville, un brouillard noir, où le soleil rouge vacillait, pareil à une boule de feu rongée par les ténèbres. La neige couvrait au loin les toits. Dans la maison chacun vaquait sans doute aux préparatifs du dîner. Beaucoup de personnes étaient à la grand'messe. De son pied maladroit le garçon appuyait sur le fer de la bêche, puis il déposait soigneusement la terre brune en un tas, afin que le dégât de son travail fût moins visible. Il regardait parfois le ciel menaçant pour y chercher la promesse d'une nouvelle tombée de cette neige, qui eût encore mieux effacé toutes les traces. Près de ce garçon une forme d'un enfant plus petit était étendue, mais au premier regard on eût reconnu que cette forme était simplement celle d'une poupée coiffée d'une toque, les mains passées encore dans un manchon microscopique attaché à son cou. Cette poupée semblait avoir été élégante autrefois, puis très mal soignée, à voir les déchirures de sa robe, la nudité d'un de ses pieds privé de son soulier, les éraflures de son visage de porcelaine. Un sourire immobile flottait pourtant sur sa bouche restée rouge et dans ses yeux de verre. Et voici que lentement, doucement, de la voûte funèbre du ciel, des étoiles de neige commencèrent de tomber. Le jeune garçon regarda de nouveau le ciel avec une joie singulière. Le trou était assez grand maintenant, presque aussi profond que son bras. Il prit la poupée, et par un geste enfantin il mit sur sa froide joue de porcelaine un baiser, un autre sur la soie blonde et souple des cheveux, puis il coucha soigneusement ce corps dans la terre, comme si c'eût été la dépouille d'un être ayant eu une âme. Il se mit alors à combler cette fosse avec la hâte d'un coupable. Une fenêtre du second étage s'était ouverte là-bas, dans la maison, au fond du jardin. Une voix avait crié le nom de Claude et ajouté : « Il faut rentrer. » — « Me voici, » cria le jeune garçon en reportant la bêche le long du mur, et, la tunique déjà toute blanche de neige, il courut, courut joyeusement vers la voix qui l'appelait.

— « Qu'as-tu fait?... » lui dit la même voix du haut de la fenêtre.

— « J'ai préparé une belle glissoire pour demain, » répondit-il, et c'était un mensonge par-dessus un vol. — Et pourtant, lorsqu'il se confessa quelques jours plus tard avec tous les scrupules d'une ferveur précoce, le jeune garçon ne put jamais, jamais se repentir d'avoir dérobé, pour l'ensevelir ainsi, par ce matin de

Noël, dans la paisible terre, sous la paisible neige, la fille aux yeux bleus, aux joues roses, aux cheveux blonds de sa première amie.

Paris, décembre 1888.

TABLE

TABLE

Achevé d'imprimer

le vingt-cinq novembre mil huit cent quatre-vingt-dix-huit

PAR

ALPHONSE LEMERRE

6, RUE DES BERGERS, 6

A PARIS

2.-4. — 3181.

www.ingramcontent.com/pod-product-compliance
Ingram Content Group UK Ltd.
Pitfield, Milton Keynes, MK11 3LW, UK
UKHW020915180726
13838UKWH00002B/552